東坡先生和陶淵明詩

文物出版社

文物出版社
二零一六年十二月刻印

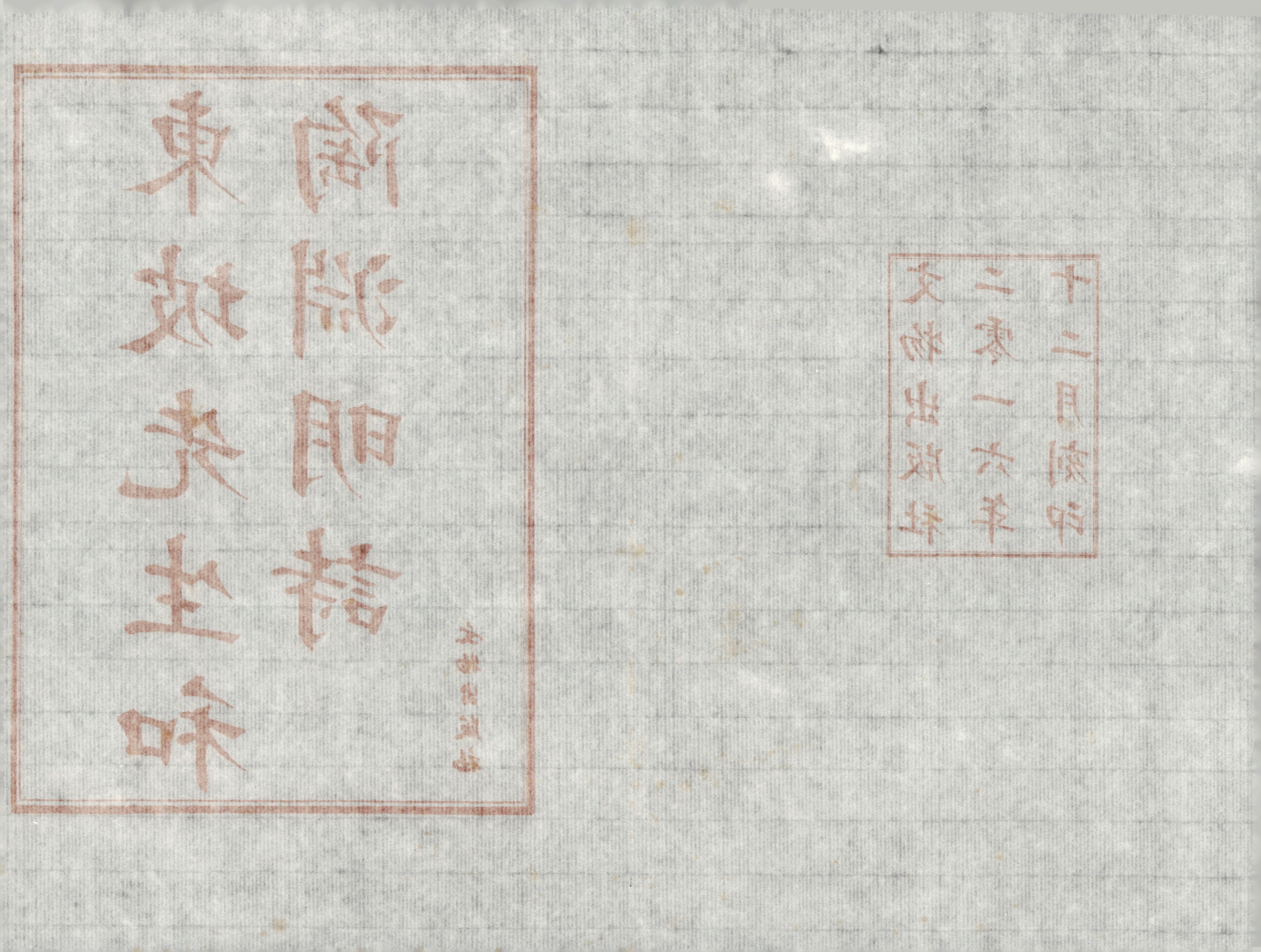

東坡先生和陶淵明詩目録

東坡先生和陶淵明詩目錄

第一卷

第二卷

東坡先生和陶淵明詩目録

東坡先生和陶淵明詩目録

東坡先生和陶淵明詩卷第一

飲酒詩二十首 并引

予閑居寡歡兼比夜已長偶有名酒無夕不飲顧影獨盡忽焉復醉既醉之後輒題數句自娛紙墨遂多辭無詮次聊命故人書之以爲歡笑耳

衰榮無定在彼此更共之邵生瓜田中寧似東陵時寒暑有代謝人道每如茲達人解其會逝將不復疑忽與一觴酒日夕相歡持

積善云有報夷叔在西山善惡苟不應何事空立言九十行帶索飢寒況當年不賴固窮節百世當誰傳

道喪向千載人人惜其情有酒不肯飲唯顧世間名所以貴我身豈不在一生一生復能幾倏忽流電驚鼎鼎百年内持此欲何成

栖栖失群鳥日暮猶獨飛徘徊無定止夜夜聲轉悲厲響思清遠去來何依依因值孤生松斂翮遥來歸勁風無榮木此蔭獨

不衰託身已得所千載不相違
結廬在人境而無車馬喧問君何能爾心
遠地自偏采菊東籬下悠然見南山山氣
日夕佳飛鳥相與還此間有真意欲辨已
忘言
行止千萬端誰知非與是是非苟相形雷
同共譽毀三季多此事達士似不爾咄咄
俗中惡且當從黃綺
秋菊有佳色裛露掇其英汎此忘憂物遠
我遺世情一觴雖獨進杯盡壺自傾日入

羣動息歸鳥趣林鳴嘯傲東軒下聊復得
此生
青松在東園衆草没其姿晨霜殄異類卓
然見高枝連林人不見獨樹衆乃寄提壺
挂寒柯遠望時復爲吾年夢幻去何事紲
塵羈
清晨聞扣門倒裳自往開問子爲誰歟田
父有好懷壺漿遠見候疑我與時乖籃縷
茅簷下未足爲高栖舉世皆尚同願君汨
其泥深感父老言稟氣寡所諧紆轡誠可

學違己詎非迷且共歡此飲吾駕不可迴
我昔曾遠遊直至東海隅道路迥且長風
波阻中途此行誰使然似爲飢所驅傾身
營一飽少許便有餘恐此非名計息駕歸
閑居
顔生稱爲仁榮公言有道屢空不獲年長
飢至于老雖留身後名一身亦枯槁生死
何可知稱心固爲好客養千金軀臨化銷
其寶裸葬何必惡人當解其表
長公曾一仕壯節忽失時杜門不復出終

身與世辭仲理歸大澤高風始在茲一往
便當已何爲復狐疑去去當奚道世俗久
相欺擺落悠悠談請從余所之
有客常同止趣舍邈異境一士長獨醉一
夫終年醒醒醉還相笑發語各不領規規
一何愚兀傲差若頴寄言酣中客日没燭
當炳
故人賞我趣挈壺相與至班荆坐松下数
斟已復醉父老雜亂言觴酌失行次不覺
知有我安知物爲貴咄咄迷所留酒中固

多味

貧居乏人工灌木荒余宅班班有翔鳥寂寂無行迹宇宙一何悠人生少至百歲月相催逼鬢邊早已白若不委窮達素抱深可惜

少年罕人事游好在六經行行向不惑淹留遂無成竟抱窮苦節飢寒飽所更弊廬交悲風荒草没前庭被褐守長夜晨雞不肯鳴孟公不在茲終以翳吾情

幽蘭生前庭含薰待清風清風脫然至見別蕭艾中行行失故路任道或能通覺悟當念還鳥盡廢良弓

子雲性嗜酒家貧無由得時賴好事人載醪祛所惑觴來爲之盡是諮無不塞有時不肯言豈不在伐國仁者用其心何嘗失顯默

疇昔苦長飢投耒去學仕將養不得節凍餒固纒已是時而立年志意尚多耻遂盡介然分終死歸田里冉冉星氣流亭亭復一紀世路廓悠悠楊岐何以止雖無揮金

事濁酒猶可恃
羲農去我久舉世少復真汲汲魯中叟彌縫使其淳鳳鳥雖不至禮樂暫得新洙泗輟微響漂流逮狂秦詩書復何罪一朝作灰塵區區諸老翁爲事誠慇懃如何絶世下六籍無一親終日馳車走不見所問津若復不快飲空負頭上巾但恨多謬誤君當恕醉人

和　子瞻

吾飲酒至少當以把盞爲樂往往頹然

坐睡人見其醉而吾中了然蓋莫能名其爲醉爲醒也在揚州時飲酒過午輙罷客去解衣槃薄終日歡不足而適有餘因和陶淵明飲酒二十詩庶幾髣髴其不可名言者以示舍弟子由晁無咎學士

我不如陶生世事纏綿之如何得一適亦有如生時寸田無荆棘佳處正在兹縱心與事往所遇無復疑偶得醉中趣空杯亦常持

二豪詆醉客氣湧胷中山濯然忽冰釋亦復在一言嗇氣實其腹云當享長年少飲得徑醉此祕君勿傳

道喪士失已出語輒不情江左風流人醉中亦求名淵明獨清真談笑得此生身如受風竹掩冉衆葉驚俯仰各有態得酒詩自成

蠢蝡食葉蟲仰空慕高飛一朝傳兩翅乃得粘網悲啁啾猒巢雀沮澤疑可依赴水生兩殼遭閉何時歸二蟲竟誰是一笑百念裹幸此未化間得酒君莫違

小舟真一葉下有暗浪宣夜棹醉中發不知枕几偏天明問前路已度千銀山嗟我亦何爲此道常往還未來寧早計已往復何言

百年六十化念念竟非是是身如虛空誰受譽與毀持酒未舉杯喪我固志爾倒床自甘寢不擇菅與綺

頃者大雪年海波翻玉英有士常痛飲飢寒見真情淋頭有敗楹孤坐時復傾未能

平體粟且復澆腸鳴脫衣褁凍酒每醉念
此生
我坐華堂上不改麋鹿姿時來蜀岡頭喜
見霜松枝誰知百尺底已結千歲奇煌煌
凌霄花纏繞復何為舉觴酹其根無事莫
相覊
芙蕖在秋水時節自闔開清風亦何意入
我芝蘭懷一隨採折去永與江湖乖斷絲
不復續斗水何足栖不如玉井蓮結根天
池泥感此每自慰吾事幸不諧醉中有歸

路了了初不迷乘流且復逝得坎吾當回
籃輿兀醉守路轉古城隅酒力如過雨清
風消半途前山正可數後騎且勿驅我緣
在東南往寄白髮餘遥知萬松嶺下有三
畝居
民勞吏無德歲美天有道暑雨避麥秋温
風送蠶老三咽初有聞一溉未濡槁詔書
寬積欠父老顔色好再拜謝吾君獲此不
貪寶頹然笑阮籍醉几書謝表
我夢入小學自謂總角時不記有白髮猶

誦論語辭人間本兒戲顛倒畧似茲惟有
醉時真空洞了無疑墜車終莫傷莊叟不
吾欺呼兒具紙筆醉語輒録之
醉中雖可樂猶是生滅境云何得此身不
醉亦不醒大如景升牛莫保尻與領小如
東郭毚東縛作毛穎乃知嵇叔夜非坐虎
文炳
我家小馮君天性頗淳至清坐不飲酒而
能容我醉歸休要相依謝病當以次豈知
山林士骯髒乃爾貴乞身當念早過此恐

少味
去鄉三十年風雨荒舊宅惟存一束書寄
食無定跡每用愧淵明尚取禾三百傾然
六男子粗可傳清白於吾豈不多何事復
歎息
嘵嘵六男子絃誦各一經復生五丈夫戢
戢丁欲成歸田了門户與國充踐更晉兒
初學語玉骨聞天庭淮老如鶴鶵破殼已
長鳴舉酒屬千里一歡愧凡情
淮海雖故楚無復輕揚風齋厨聖賢雜無

事時復中誰言大道遠正賴三杯通使君
不夕坐牙門散刀弓
何人築東臺一郡坐可得亭亭古浮圖獨
立表衆惑蕪城閱興廢雷塘幾開塞明年
起華堂置酒弔亡國無令竹西路歌吹久
寂默
晁子天麒麟結交及未仕高才固難及雅
志或類已各懷伯業能共有丘明恥歌呼
時就君指我醉鄉里具公門下客賈誼獨
見紀請作鵩鳥賦我亦得坎止爲樂當及

時綠髮不可恃
蓋公偶談道齊相獨識眞頹然不事事客
至先飲醇當時劉項罷四海瘡痍新三杯
洗戰國一斗消強秦寂寥千載後陽公嗣
前塵醉臥客懷中多言笑徒勤我時閱舊
史獨與三人親未暇餐脫粟苦心學平津
草書亦何用醉墨淋衣巾一揮三十幅持
去聽座人

和 子由

我性本踈懶父母強教之逡巡就科選逮

此年少時幽憂二十年懶性秖如兹偶然
踐黃閫俯仰空自疑乞身未敢言常愧外
物持
人言性本靜不必林與山世雖有此理誰
知非妄言自我作歸計于今十餘年低回
軒冕中此語愧虛傳
世人豈知我兄弟得我情少年喜文章中
年慕功名自從落江湖一意事養生富貴
非所求寵辱未免驚平生不解飲欲醉何
由成

秋鴻一何樂空際乘風飛秋蟲一何憂壁
間終夜悲憂樂本何有力盡兩無依物生
逐所遇久行不知歸少年氣難回老者百
事衰聊復沃以酒永與狂心違
昔在建成市鹽酒晝夜喧夏潦恐天漏冬
雷知地偏妻孥日告我胡不反故山一來
朝廷上七年不知還有寓均建成且志昔
日言
夢中見百怪一一皆謂是醉中身已志萬
事隨亦毁此心不應然外物妄使爾安心

十年後此語知非綺
開卷覩古人誰非一世英骨肉委黃壚泯
滅俱無情憧憧來無盡擾擾相奪傾驚雷
震朱夏鮮能及秋鳴得酒且酣飲間誰逃
死生

明月出東牆萬物含餘姿孤蟬庇繁陰衆
鳥栖高枝解衣適少事捫腹知士奇朝與
群動作莫復何所爲此時不自有日出還
受羈

尺書千里至輟食手自開將卜東南居故

鄉非所懷勿言湖山美永與平生乖鴻鴈
秋南來及春思故栖蛟龍乗風雲既雨反
其泥兄弟適四海叩門事誰諧直道竟三
黜去國終恐迷何如自

羌虜忘君恩戰鼓驚西隅邊候失晨夜驛
騎馳中途詔書止窮征諸將守來驅敵微
勢可料師競力無餘防邊未云失憂愧懷
安居

修已以安人嗟古有此道平生妄謂得忽
忽恨衰老年來亦見用何益世枯槁逡巡

事朝謁出入自媚好報君要得人被褐信
懷寶斯人何時見即上歸耕表
春旱麥半死夏雨欣及時出郊視禾田父
老有好辭秋陰結愁霖似欲直欺玆冥冥
人天際景響良不疑精誠發中禁慤默非
有欺雞號日東出乃令民信之
天厨釀冰地揺蕩畏出境衰年雜羸病一
醻百不醒鸞臺異諸曹有政非簿領頹然
雖無責固謝出囊穎回首愧周行群英粲
彪炳

淮海老使君受詔行當至居官不避事無
事輒徑醉平生自相許兄先弟亦次東南
豈徒往多難嫌暴責白首六卿中嚼蠟那
復味
去年旅都城三月不求宅彼哉安知我爭
掃習禮迹三已竟無怨心伏鷙鳥百無私
心如冊經患髮先白功名已不求餘事復
何惜
家居簡餘事猶讀外景經浮塵掃欲盡火
棗行當成清晨委群動永夜依寒更低帷

閟重屋微月流中庭依松白露上歷坎幽
泉鳴功從猛士得不取兒女情
南方有貧士征怪如病風垢面髮如葆自
汙屠酒中導我引河水上與崑崙通長箭
挽不盡不中無尤弓
清秋九日近菊酒皆可得永愧陶翁飢雖
飢心不惑懷忠受正命賦命本通塞斯人
今苟在可與同事國惜哉委荆榛忍飢長
嘿嘿
我友二三子兼有仕未仕青松出林秀豈
獨私與已斂然不求人而我自罍恥臨風
忽長鳴誰信日千里江行覘漁父但自正
綱紀持綱起萬目勦鱒皆可止老成日就
衰所餘殆難恃
諸妄不可賴所賴惟一真内欲求性命油
然反清淳外將應物化致一常日新商於
四父老攜手初逃秦翻然感漢德投足復
踐塵出處蓋有道豈爲諸呂勤嗟我千歲
後淡然與之親還將山林姿俛首要路津
囊中舊時物布衣白綸巾功成不歸去愧

此同心人

歸園田居六首　淵明

少無適俗韻性本愛丘山誤落塵網中一去三十年羈鳥戀舊林池魚思故淵開荒南野際守拙歸園田方宅十餘畝草屋八九間楡柳蔭後園桃李羅堂前曖曖遠人村依依墟里煙狗吠深巷中雞鳴桑樹顛戶庭無塵雜虛室有餘閑久在樊籠裏復（一作安）得反自然

野外罕人事窮巷寡輪鞅白日掩柴扉虛室絕塵想時復墟曲中披草共來往相見無雜（一作別）言但道桑麻長桑麻日已長我土日已廣常恐霜霰至零落同草莽

種豆南山下草盛豆苗稀侵晨理荒穢帶月荷鋤歸道狹草木（一作不）長夕露沾我衣衣霑不足惜但使願無違

久去山澤遊浪莽林野娛試攜子姪輩披榛步荒墟徘徊丘壟間依依昔人居井竈有遺處桑竹殘朽株借問采薪者此人皆焉如薪者向我言死沒無復餘一世異朝

市此言真不虛人生似幻化終當歸空無
恨恨獨策還崎嶇歷榛曲澗水清且淺遇
以濯吾足漉我新熟酒隻雞招近局日入
室中暗荊薪代明燭歡來苦夕短已復至
天旭

種苗在東臯苗生滿阡陌雖有荷耡倦濁
酒聊自適日莫巾柴車路暗光已夕歸人
望煙火稚子候簷隙問君亦何爲百年會
有役但願桑麻成蠶月得紡績素心正如
此開徑望三益

和　并引　子瞻

三月四日游白水山佛迹巖沐浴於湯
泉晞髮于懸瀑之下浩歌而歸肩輿却
行以與客語不覺至水北荔枝浦上晚
日葱籠竹陰蕭然時荔子纍纍如芡實
矣　父老年八十餘指以告余曰及是
可食公能携酒來游乎意欣然許之歸
卧既覺聞兒子過誦淵明歸田園居詩
六首乃悉次其韻始余在廣陵和淵明
飲酒二十首今復爲此要當盡和乃已

今書以寄妙惚大士參寥子
環州多白水際海皆蒼山以彼無盡景寓
我有限年東家着孔丘西家着顏淵市爲
不二價農爲不爭田周公與管蔡恨不茅
三間我飽一飯足薇蕨補食前門生餽薪
米救我厨無煙斗酒與隻雞酣歌餞華顛
禽魚豈知道我適物自閑悠悠未必爾聊
樂我所然
窮猿既投林疲馬初解鞅心空飽新得境
熟夢餘想江鷗漸馴隻蜑叟已還往南池
綠錢生北嶺紫筍長復壹豈解飲好語時
見廣春江有佳句我醉墮渺莽
新浴覺身輕新沐感髮稀風乎懸瀑下却
行詠而歸仰見江搖山俯見月在衣步從
父老語有約吾敢違
老人八十餘不識城市娛造物偶遺漏同
儕盡丘墟平生不渡江水北有幽居手插
荔支子合抱三百株莫言陳家紫甘冷恐
不如君來坐樹下飽食攜其餘歸舍遺兒
子懷抱不可虛有酒持飲我不問錢有無

千歲海不可遇有酒持飲我不問錢有無
不知吾來從樹下飽食攜其餘歸舍覓兒
游老入手合抱三百株莫言鄭家業昔人忍
饑蠶丘墟平生不識江水北有鄉居年轉
老人八十餘不識城市只嫁宮書遍同
父老語有爲吾敢違
行誦而歸仰見江海山樹見月在衣沐從
渡洛覺身輕新冰激泉風平漾暴下卧
見廣春江有雁句數醉酒迴奔
綠錢生北嶺滿谷長養言解欲好諧肆

歎餘想江國潮集難雙鳧還往南邊
宿旅館投林渡馬初解鞍心遊適新得境
樂我所然
貪直豈知道然適游自閑悠然未必爾耶
來遊故廚無酒乎酒與美鐘酬歌年顧
三間我飽一飯足藏蔬備食前門生鴟讒
不二價農爲不辛田園公要箬求頂不芋
我有頃年東家清孔近西家書籍滿市語
闕州多白水際海茫茶山以族集遺識
今書以辭以象大士象寅十

坐倚朱藤杖行詩紫芝之曲不逢商山翁見此野老足頗同荔支社長作雞黍局教我同光塵月固不勝燭莊子曰日月固不勝火郭象注云大而闇不如小而明陋哉斯言也予爲更之曰明於大者必晦於小月能燭天地而不能燭毫釐此其所以不勝火也然卒之火勝月月勝火耶昔我在廣陵悵望柴桑陌長吟飲酒詩頗獲一笑適當時已放浪朝坐夕不夕矧今長閑人一劫展過隙江山互隱見出没爲我役斜川追淵明東皋友王績詩成竟何用六愽本無益

詠二疏 淵明

大象轉四時功成者自去借問衰周來幾人得其趣遊目漢庭中二疏復此舉高嘯返舊居長揖儲君傳餞送傾皇朝華軒盈道路離別情所悲餘榮何肯顧事勝感行人賢哉豈常譽厭厭閭里歡所營非近務促席延故老揮觴道平素問金終寄心清言曉未悟放意樂餘年遑恤身後慮誰云其人亡久而道彌著

和 子瞻

二疏事漢時迹寓心已去許侯何足道寧
識此高趣可憐魏丞相免冠謝陋舉中興
多名臣有道獨兩傳世途方轂擊誰肯行
此路是身如委蛻未蛻何所顧已蛻則兩
忘身後誰毁譽所以遺子孫買田豈先務
我甞游東海所歷若有素神交久從君屢
夢今乃悟淵明作詩意妙想非俗慮庶幾
二大夫見微而知著

詠三良　　淵明

彈冠乘通津但懼時我遺服勤盡歲月常

恐功愈微中情謬獲露遂為君所私出則
陪文輿入必侍丹帷箴規嚮已從計議初
無虧一朝長逝後願言同此歸厚恩固難
忘君命安可違臨穴罔惟疑投義志攸希
荆棘籠高墳黄鳥聲正悲良人不可贖泫
然霑我衣

和　　子瞻

此生太山重忽作鴻毛遺三子死一言所
死良已微賢哉晏平仲事君不以私我豈
犬馬哉從君求蓋帷殺身固有道大節要

不虧君爲社稷死我則同其歸顧命有治亂臣子得從違魏顆真孝愛三良安足希仕官豈不榮有時纒憂悲所以靖節翁服此黔婁衣

詠荆軻　淵明

燕丹善養士志在服疆嬴招集百夫良歲暮得荆卿君子死知已提劒出燕京素驥鳴廣陌慷慨送我行雄髮指危冠猛氣衝長纓飲餞易水上四座列群英漸離擊悲筑宋意唱高聲蕭蕭哀風逝淡淡寒波生商音更流涕羽奏壯士驚心知去不歸且有後世名登車何時顧飛蓋入秦庭凌厲越萬里逶迤過子城圖窮事自至豪主正怔營惜哉劒術踈奇功遂不成其人雖已没千載有餘情

和　子瞻

秦如馬後牛吕氏非復嬴天欲厚其毒假手李客卿功成志自滿積惡如陵京滅身會有時徐觀可安行沙丘一狼狽笑落冠與纓太子不少忍顧非萬人英魏韓裂智

伯肘足本無聲胡爲弃成謀託國此狂生
荆軻不足説田子老可驚燕趙多奇士惜
哉亦虛名殺父囚其母此豈容天庭亡秦
只三戸况我數十城漸離非不傷陛戟加
周營至今天下人愍燕欲其成廢書一太
息可見千古情

怨詩楚調示龐主簿及鄧治中

淵明

天道幽且遠鬼神茫昧然結髮念善事僶
俛六九年弱冠逢世阻始室喪其偏炎火
屢焚如螟蜮恣中田風雨縱橫至收斂不
盈廛夏日抱長飢寒夜無被眠造夕思雞
鳴及晨願烏遷在已何怨天離憂悽目前
吁嗟身後名於我若浮煙慷慨獨悲歌鍾
期信爲賢

和　子瞻

當歡有餘樂在戚亦頹然淵明得此理安
處固有年嗟我與先生所賦良奇偏人間
少宜適惟有歸耘田我昔墮軒冕毫釐真
市廛歸來卧重茵憂愧自不眠如今破茅

屋一夕或三遷風雨睡不知黄葉滿枕前
寧當出怨句慘慘如孤煙但恨不早悟猶
推淵明賢

東坡先生和陶淵明詩卷第一

[illegible]

[illegible]

[illegible]

東坡先生和陶淵明詩卷第一

東坡先生和陶淵明詩卷第二

形影神 并序　　淵明

貴賤賢愚莫不營營以惜生斯甚惑焉故極陳形影之苦言神辨自然以釋之好事君子共取其心焉

形贈影

天地長不没山川無改時草木得常理霜露榮悴之謂人最靈智獨復不如茲適見在世中奄去靡歸期奚覺無一人親識豈相思但餘平生物舉目情悽洏我無騰化

術必爾不復疑願君取吾言得酒莫苟辭

影荅形

存生不可言衛生每苦拙誠願遊崐華邈然茲道絶與子相遇來未甞異悲悅憩陰若暫乖止日終不別此同既難常黯爾俱時滅身没名亦盡念之五情熱立善有遺愛胡可不自竭酒云能消憂方此詎不劣

神釋

大鈞無私力萬理自森著人為三才中豈不以我故與君雖異物生而相依附結託

善惡同安得不相語三皇大聖人今復在何處彭祖壽永年欲留不得住老少同一死賢愚何足數日醉或能忘將非促齡其立善常所欣誰當爲汝譽甚念傷吾生正宜委運去縱浪大化中不喜亦不懼應便須盡無事勿多慮

和形贈影　子瞻

天地有常運日月無閑時孰居無事中作止推行之細察我與汝相因以成茲忽然乘物化豈與生滅期夢時我方寂偃然無

知思胡爲有哀樂輒復隨漣漪我舞汝凌亂相應不少疑還將醉時語荅我夢中辭

和影荅形

丹青寫君容常恐畫師拙我依月燈出相肖兩奇絕妍媸本自君我豈相媚悅君如火上煙火盡君乃別我如鏡中像鏡壞我不滅雖云附陰晴了不受寒熱無心但因物萬變豈有竭醉醒皆夢尒未用議優劣

和神釋

二子本無我其初因物著豈惟老變衰念

語[illegible]不相語三皇大聖人今[illegible]

何[illegible]年[illegible]不[illegible]同一

死[illegible]何凡[illegible]日[illegible]其

女[illegible]其合[illegible]

宜[illegible]大[illegible]中不[illegible]

便須[illegible]

告[illegible] 卜[illegible]

天地布[illegible]日月[illegible]中在

上[illegible]行入[illegible]因以[illegible]

[illegible]

卷四 [illegible] 二

[illegible]

[illegible]

告[illegible]

年[illegible]

直[illegible]本自[illegible]

火上[illegible]中[illegible]

不[illegible]因

[illegible]未[illegible]

告[illegible]

二千本集其名曰象吉通書大發兼合

念不如故知君非金石安足長託附莫從老君言亦莫用佛語僊山與佛國終恐無是處甚欲隨陶公移家酒中住醉醒要有盡未易逃諸數平生逐兒戲處處餘作具所至人聚觀指目生毀譽如今一弄火好惡都焚去既無負載勞又無寇攘懼仲尼晚乃覺天下何思慮

東方有一士　淵明

東方有一士被服常不完三旬九遇食十年著一冠辛苦無此比常有好容顏我欲觀其人晨去越河關青松夾路生白雲宿簷端知我故來意取琴為我彈上絃驚別鶴下絃操孤鸞願留就君住從今至歲寒

和　子瞻

缾居本近危甑墜知不完夢求亡楚弓笑解適越冠忽然反自照識我本來顏歸路在脚底殽潼失重關屢從淵明遊雲山出毫端借君無弦物寓我非指彈豈惟舞獨鶴便可躡飛鸞還將嶺茅瘴一洗月關寒

詠貧士七首　淵明

萬族各有託孤雲獨無依曖曖空中滅何
時見餘暉朝霞開宿霧衆鳥相與飛遲遲
出林翮未夕復來歸量力守故轍豈不寒
與飢知音苟不存已矣何所悲
淒厲歲云暮擁褐曝前軒南圃無遺秀枯
條盈北園傾壺絕餘瀝窺竈不見煙詩書
塞座外日昃不遑研閑居非陳厄竊有慍
見言何以慰吾懷賴古多此賢
榮叟老帶索欣然方彈琴原生納決屨清
歌暢高音重華去我久貧士世相尋弊襟

不掩肘藜羹常乏斟豈忘襲輕裘苟得非
所欽賜也徒能辯乃不見吾心
安貧守賤者自古有黔婁好爵吾不榮厚
饋吾不酬一旦壽命盡蔽覆仍不周豈不
知其極非道故無憂從來將千載未復見
茲儔朝與仁義生夕死復何求
袁安困積雪邈然不可干阮公見錢入即
日弃其官蓲蒿有常温採之足朝飡豈不
實辛苦所懼非飢寒貧富常交戰道勝無
戚顏至德冠鄉閭清節映西關

仲蔚愛窮居遶屋生蒿蓬䆃然絶交遊賦詩頗能工舉世無知音止有一劉龔此士胡獨然寔由罕所同介焉安其業所樂非窮通人事固已拙聊得長相從

昔在黄子廉彈冠佐名州一朝辤吏歸清貧略難儔年飢感仁妻泣涕向我流丈夫雖有志固爲兒女憂惠孫一晤歎腆贈竟莫酬誰云固窮難邈哉此前修

和　子瞻

予遷惠州一年衣食漸窘重九俯邇樽俎蕭然乃和淵明貧士詩七篇以寄許下高安宜與諸子姪并令過同作

長庚與殘月耿耿如相依以我旦暮心惜此須臾暉青天無今古誰知織鳥飛我欲作九原獨與淵明歸俗子不自悼顧憂斯人飢堂堂誰有此千駟良可悲

夷齊恥周粟高歌誦虞軒產祿彼何人能致綺與園古來避世士死灰或餘煙末路益可羞朱墨手自研淵明初亦仕絃歌本誠不樂乃徑歸視世差獨賢

誰謂淵明貧尚有一素琴心閑手自適寄
此無窮音佳辰愛重九芳菊起自尋蹤巾
歎虛漉塵爵笑空斟忽餉二萬錢顏生良
足欽急送酒家保勿違故人心
人皆有耳目夫子曠與妻弱毫寫萬象水
鏡無停酬閑居惜重九感此歲月周端如
孔北海只有尊空憂二子不並世高風兩
無儔我後五百年清夢未易來
芙蓉雜金菊枝葉長闌干遥憐退朝人餻
酒出太官豈知江海上落英言可餐典衣

作重九組歲慘將寒無衣粟我膚無酒顰
我顏貧居真可歎一事長相關
老詹亦白髮惠守詹範相對垂霜蓬賦詩殊有
味涉世非所工杖藜山谷間狀類渤海龔
半道要我飲意與王弘同有酒我自至不
須遣龐通門生與兒子杖屨聊相從
我家六兒子流落三四州辛苦見不識今
與農圃儔買田帶修竹築室依清流未能
遣一力分汝薪水憂坐念北歸日此勞未
易酬我獨遺以安鹿門有前修

九日閑居 并引　　淵明

余閑居愛重九之名秋菊盈園而時醪靡由空服九華寄懷於言

世短意常多斯人樂久生日月依辰至舉俗愛其名露淒暄風息氣澈天象明往燕無遺影來鴈有餘聲酒能消百慮菊爲制頽齡如何蓬廬士空視時運傾塵爵恥虛罍寒花徒自榮斂襟獨閑謡緬爲起深情棲遲固多娛淹留豈無成

和 并引　　子瞻

明日重九雨甚展轉不能寐起坐索酒和淵明一篇熟醉昏然殆不能佳也

九日獨何日欣然愜平生四時靡不佳樂此古所名龍山憶孟子栗里懷淵明鮮鮮霜菊艷溜溜糟牀聲閑居知令節樂事滿餘齡登高望雲海醉覺三山傾長歌振履商起舞帶索榮坎軻失天意淹留見人情但願飽秔秫年年樂秋成

己酉歲九月九日　　淵明

靡靡秋已夕淒淒風露交蔓草不復榮園

九日閒居并序　　淵明

余閒居愛重九之名秋菊盈園而持醪
靡由空服九華寄懷於言
世短意恒多斯人樂久生日月依辰至舉
俗愛其名露淒暄風息氣澈天象明往燕
無遺影來鴈有餘聲酒能祛百慮菊爲制
頹齡如何蓬廬士空視時運傾塵爵恥虛
罍寒華徒自榮斂襟獨閒謠緬焉起深情
棲遲固多娛淹留豈無成

和 并引　　子瞻

明日重九雨甚展轉不能寐起坐索酒
和淵明一篇與□□□不能佳也
九日獨何日欣然愜平生四時靡不佳樂
此古所爭龍山憶孟子栗里懷淵明鮮
鮮霜菊艷溜溜糟牀聲閒居知令節樂事滿
餘齡登高望雲海醉覺三山傾長歌振履
商起舞帶索鳴□□夫天意為留見人情
何須為行年年樂歲成

己酉歲九月九日　　淵明

靡靡秋已夕淒淒風露交蔓草不復榮園

木空自凋清氣澄餘滓杳然天界高哀蟬無歸響聚鴈鳴雲霄萬化相尋繹人生豈不勞從古皆有没念之中心焦何以稱我情濁酒且自陶千載非所知聊以永今朝

和 并引 子瞻

十月初吉菊花始開乃與客作重九因次韻淵明九月九日一首胡廣飲菊潭水而壽然李固傳贊云其視胡廣趙戒猶糞土也

今日我重九誰謂秋冬交黄花與我期草

中實後凋香餘白露乾色映青松高悵望南陽野古潭霏慶霄伯始真糞土平生夏畦勞飲此亦何益内熱中自焦持我萬家春一酹五柳陶夕英幸可掇繼此木蘭朝

讀山海經十三首 淵明

孟夏草木長繞屋樹扶踈衆鳥欣有託吾亦愛吾廬既耕亦已種且還讀我書窮巷隔深轍頗迴故人車歡言酌春酒摘我園中蔬微雨從東來好風與之俱泛覽周王傳流觀山海圖俛仰終宇宙不樂復何如

王臺淩霞秀生母怡妙顏天地共俱生不知幾何年靈化無窮已館宇非一山高酣發新謠寧效俗中言

迢遞槐（一作淮）江嶺是謂玄圃丘西南望崐墟光氣難與儔亭亭明玕照落落清瑶流恨不及周穆託乘一來遊

丹木生何許乃在峚山陽黃花復朱實食之壽命長白王凝素液瑾瑜發奇光豈伊君子寶見重我軒黃

翩翩三青鳥毛色奇可憐朝爲王母使暮

登三危山我欲因此鳥具向三母言在世無所須惟酒與長年

逍遥蕪皐上杳然望扶木洪柯百萬尋森散覆暘谷靈人侍丹池朝朝爲日浴神景一登天何幽不見獨

粲粲三珠樹寄生赤水陰亭亭淩風桂八幹共成林靈鳳撫雲舞神鸞調王音雖非世上寶爰得王母心

自古皆有殁何人得靈長不死復不老萬歲如平常赤泉給我飲員丘足我糧方與

三辰游夀考豈渠央
夸父誕宏志乃與日競走俱至虞淵下似
若無勝負神力既殊妙傾河焉足有餘迹
寄鄧林功竟在身後
精衛銜微石將以塡滄海形夭無千歲猛
志故常在同物既無慮化去不復悔徒設
在昔心良辰詎可待
巨猾（一作臣危）肆威暴欽駓（一作欽鴀）違帝旨窫窳
強能變祖江遂獨死明明上天鑒爲惡不
可履長枯固已劇鵕鶚（一作雞鶚）安足恃

鴅鵝（一作鳴鵠）見城邑其國有放士念彼懷王
世當時數來止青丘有奇鳥自言獨見理
（一作尒）本爲迷者生欲以喻君子
巖巖（一作悠悠）顯朝市帝者愼用才何以放共
鯀重華爲之來仲父獻誠言姜公乃見猜
臨沒告飢渴當復何及哉

和（并引）　子瞻

淵明讀山海經十三首其七首皆儷語
予讀抱朴子有所感用其韻賦之

今日天始霜衆木歛以疎幽人掩關臥明

景翻空盧開心無良友寓眼得奇書建德
有遺民道遠我無車無粮食自足豈謂穀
與蔬愧此稚川翁千載與我俱盡我與淵
明可作三士圖學道雖恨晚賦詩豈不如
稚川雖獨善愛物均孔顏欲使蟪蛄流如
有龜鶴年辛勤破封執苦語劇移山慱哉
無窮利千載食此言
淵明雖中壽雅志仍丹丘遠矣無懷民超
然邈無儔奇文出纊息豈復生死流我欲
作九原異世爲三游

子政信奇逸妙筭窮陰陽淮仙枕中訣養
練歲月長豈伊臭濁中爭此頃刻光安知
青藜火丈人非中黄
亂離棄弱女破家割恩憐寧知效龜息三
歲號窮山長生定可學當信仲弓言支牀
竟不死抱一無窮年
三山在咫尺靈藥非草木玄芝生太元黄
精出長谷僊都浩如海豈不供一浴何當
從火山束緼分寸燭
蜀士李八百穴居吳山陰默坐但形語從

者紛如林其後有李寬雞鶻非同音口耳
固多僞識真要在心
黃華育甘谷靈根固深長廖井窖丹砂紅
泉湧尋常二女戲口鼻松膏以爲糧聞此
不能寐起坐夜未央
談道鄙俗儒遠自太史走仲尼實不死於
聖亦何負紫文出吴宫丹雀本無有遼然
廣桑君獨顯三季後
金丹不可成安期渺雲海誰爲黃門妻至
道乃近在支解竟不傳化去空餘悔丹成

亦安用御氣本無待
鄭君固多方玄翁所親指奇文二百字了
未出生死素書在黃石豈敢辭躡履萬法
等成壞金丹差可恃
古强本妄庸蔡誕亦夸士曼都斥仙人謁
帝輕舉上學道未有得自欺誰不爾稚川
亦隘人跡録此庸子
東坡信畸人涉世真散才仇池有歸路羅
浮豈徒來踐蛇及茹蠱心空了無猜攜手
葛與陶歸哉復歸哉

遊斜川 并引　　淵明

辛丑歲正月五日天氣澄穆風物閑美與二三鄰曲同遊斜川臨長流望曾城魴鯉躍鱗於將夕水鷗乘和以翻飛彼南阜者名實舊矣不復乃爲嗟歎若夫曾城傍無依接獨秀中皐遙想靈山有愛佳名欣對不足率尔賦詩悲日月之遂往悼吾年之不留各疏年紀鄉里以紀其時日

開歲倏五十吾生行歸休念之動中懷及晨爲兹遊氣和天維澄班坐依遠流弱湍馳文魴閑谷矯鳴鷗迥澤散游目緬然睇曾丘雖微九重秀顧瞻無匹儔提壺接賓侶引滿更獻酬未知從今去當復如此不中觴縱遙情忘彼千載憂且極今朝樂明日非所求

和　正月五日與兒子過出城遊作　子瞻

謫居澹無事何異老且休雖過靖節年未失斜川游春江淥未波人卧舡自流我本無所適汎汎隨鳴鷗中流遇洑〻捨舟步

曾丘有口可與飲何必逢我儔過子詩似翁我唱兒輒酬未知陶彭澤頗有此樂不問點爾何如不與聖同憂問翁何所笑不爲由與求

和郭主簿二首　淵明

藹藹堂前林中夏貯清陰凱風因時來回飈開我襟息交遊閑業卧起弄書琴園蔬有餘滋舊穀猶儲今營已良有極過足非所欽舂秫作美酒酒熟吾自斟弱子戲我前學語未成音此事真復樂聊用忘華簪

遥遥望白雲懷古一何深

和澤周三春清涼華秋節露凝無游氛天高風景澈陵岑聳逸峯遥瞻皆奇絶芳菊開林耀青松冠巖列懷此貞秀姿卓爲霜下傑銜觴念幽人千載撫尓訣檢素不獲展厭厭竟良月

和并引　子瞻

清明日聞過誦書聲節閑美感念少時悵然追懷　先君宫師之遺意且念淮德二幼孫無以自遣乃和淵明此二篇

隨意所遇無復倫次也

今日復何日高槐布初陰良辰非虚名清和盈我襟孺子卷書坐誦詩如鼓琴却去四十年玉顔如汝今閉户未嘗出出爲閭里欽家世事酌古百史手斟當年二老人喜我作此音淮德入我夢角羈未勝簪孺子笑問我公何念之深

雀鷇含淳音竹萌抱静節（此兩句先君少時詩失其全篇）誦我 先君詩肝肺爲澄澈獨爲鳴鶴和未作獲麟絶願因騎鯨李追此御風列文夫貴出世功名豈人傑家書三萬卷獨取服食訣地行即空飛何必挾日月

移居二首 淵明

昔欲居南村非爲卜其宅聞多素心人樂與數晨夕懷此頗有年今日從茲役弊廬何必廣取足蔽牀席鄰曲時時來抗言談在昔奇文共欣賞疑義相與析

春秋多佳日登高賦新詩過門更相呼有酒斟酌之農務各自歸閑暇輒相思相思則披衣言笑無厭時此理將不勝無爲忽

去茲衣食當須紀（一作幾）力耕不吾欺

和劉柴桑　淵明

山澤久見招胡事乃躊躇直為親舊故未忍言索居良辰入奇懷挈杖還西廬荒塗無歸人時時見廢墟茅茨已就治新疇復舊畬谷風轉淒薄春醪解飢劬弱女雖非男慰情良勝無栖栖世中事歲月共相疏耕織稱其用過此奚所須去去百年外身名同翳如

和并引　子瞻

余去歲三月自水東嘉祐寺遷居合江樓逺今一年多病寡歡頗懷水東之樂也得歸善縣後隙地數畝父老云此古白鶴觀也意欣然欲居之乃和此詩

昔我初來時水東有幽宅晨與烏鵲朝莫與牛羊夕誰令遷近市而有造請役歌呼雜閭巷鼓角鳴枕席出門無所詣樂事非宿昔病瘦獨彌年東薪誰與析洄潭轉碕岸我作江郊詩今為一廛氓此地乃得之葺為無邪齋思我無所思古觀

也乃得久其為無樂思故無所思古懷
迴運轉海岸激作江波言人為一壺況
猶昔游復獨彌年東漸諸鬼林
雞聞巷啟角鳴桃溪出門無所苗樂非
與半年又誰人念遠近市有遊請後數乎
昔我初來時本東首酒店最高論闢莫
白鷗與也費成忽者又乃合此游
也得歸其嬰彼限海蝕而又嶺三此古
獲遠今一年多話高樓數酒灑木東人樂
余去歲三月自木東之海中行遊君合近

壹西二　十六

結口并引　干譜

合回歸路合
耕織輝其用過此年所須去古年今夏
男婚情見遊無海西相中華歲月夫相遊非
舊會各風轉事春顧舞句詩文雜非
無歸人晴見聚遊身數已就治方輸瘦
忍言求居夏反人市寶學故還西瀘羨合
山澤又見詔句事乃嘯道直萬觀書故未
右劉深樂　淵明

往遊支人合溜道記　卷十　方樂不在矣

廢已久白鶴歸何時我豈丁令威千歲復還茲江山朝福地古人不吾欺萬劫互起滅百年一踟躇漂流四十年今乃言卜居且喜天壤間一席亦吾廬稍理蘭桂藂盡平狐兎墟黃橡出舊枿紫茗抽新畬我本早衰人不謂老更劬邦君助畚鍤鄰里通有無竹屋從低深山窻自明疎一飽便終日高眠忘百須自笑四壁空無妻老相如

歲暮和張常侍　淵明

市朝悽舊人驟驥感悲泉明旦非今日歲暮余何言素顏斂光潤白髮一已繁闊哉秦穆談旅力豈未愆向夕長風起寒雲沒西山厲厲（一作洌洌）氣遂嚴紛紛飛鳥還民生鮮常在矧伊愁苦纏屢闕清酤至無以樂當年窮通靡攸慮顦顇由化遷撫已有深懷履運增慨然

和并引　子瞻

十二月二十五日酒盡取米欲釀米亦竭時吳遠遊陸道士皆客於予因讀淵

明歲莫和張常侍詩亦以無酒爲歎乃用其韻贈二子

我生有天祿玄膺流玉泉何事陶彭澤乏酒每形言僊人與道士自養豈在繁但使荊棘除不憂棃棗愆我年六十一頹景薄西山歲暮似有得稍覺散亡還有如千丈松常苦弱蔓纏養我歲寒枝會有解脫年米盡初不知但怪飢鼠遷二子真我客不醉亦陶然

答龐參軍 并引　淵明

龐爲衛軍參軍從江陵使上都過潯陽見贈

衡門之下有琴有書載彈載詠爰得我娛豈無他好樂是幽居朝爲灌園夕偃蓬廬人之所寶尚或未珍不有同愛云胡以親我求良友實覯懷人歡心孔洽棟宇唯鄰伊余懷人欣德孜孜我有旨酒與汝樂之乃陳好言乃著新詩一日不見如何不思嘉遊未斁逝將離分送尔于路銜觴無欣依依舊楚邈邈西雲之子之遠良話曷聞

昔我云别倉庚載鳴今也遇之霰雪飄零
大藩有命作使上京豈忘宴安王事靡寧
慘慘寒日肅肅其風翩彼方舟容裔江中
勗哉征人在始思終敬兹良辰以保爾躬

和 并引　　　　子瞻

周循州彦質在郡二年書問無虚日罷
歸過惠爲余留半月既别和此詩追送之
我見異人且得異書挾書從人何適不娱
羅浮之趾卜我新居子非女德三顧我廬
旨酒荔蕉絶甘分珍雖云晚接數面自親

海隅一笑豈云無人無酒酤我或乞其鄰
將行復止眷言孜孜苟有于中傾倒出之
奕奕千言粲焉陳詩觴行筆落了不容思
卝妙侍側兩髦丫分歌舞壽我永爲歡欣
曲終淒然仰視浮雲此曲此聲何時復聞
擊鼓其鏜舡開檣鳴顧我而言雨泣載零
子卿白首當還西京遼東萬里亦歸管寧
感子至意託詞西風吾生一塵寓形空中
願言謙亨君子有終功名在子何異我躬

東坡先生和陶淵明詩卷第二